スタスタと
杖なく歩く
夢を見る

八十八歳の遊び心

上里義隆

Parade Books

掻くだけの恥も残さず枯れ尾花

掻く恥もなくなるほどに枯れにけり

初春や今日から一句思い立つ

よくぞ生きたいつもどこかが不具合で

新聞をパソコンで読むご隠居

世の中をパソコンで見る隠居さん

終活の想いは渋き柿の色
人生の最終章踏ん張って

詩心枯れて久しき秋の風

老いてはますます壮となるべし

シャインマスカット優雅な気分のデザートだ

台風で庭は窓越し椿山荘

スタスタと杖なく歩く夢を見る

移りゆく雲の形か我が心

何よりも食い気が似合う老いの坂

どら焼きに月の雫やプチ駄菓子

空きっ腹まずいものなしレストラン

好日よ何を食べてもうまい日は

定番はよくゆでそばに冷や奴

ざる蕎麦や音立てすすり夏去りぬ

よくゆでと注文つけてざる蕎麦を

今朝もまた若バアサンの衣装持ち

レストラン

おはようと言わぬ日はなしレストラン

アマゾンのカスタマーレビューまた採用

年取って生きてる実感旨いもの

想うほど想われていず春の宵

初恋が唯一の恋春霞

十五分歩いてアゴ出す足のトレ

酔いたくて下戸が飲む酒ほろ苦く
やけ酒を飲んでみたけど酔いもせず

要介護特養までのパスポート

特養へ道筋出来て一安心

宅配便ひともめあって着払い
脳トレに夢中になって目まいかな

郵便物役所で迷子一週間

手放せぬスマホに潜む夢と罠

ジジババが孫に教わるスマホかな

じいさんが持ったスマホは電話だけ

一言が気分よくする文字トーク
褒め言葉沢山もって名コーチ

五七五うまく押し込み喝采だ

正装と普段着がある五七五

出るものはおならと腹ばかりなり

添削は褒めておだてて巧いこと

詩心目覚めて見える裏表

字余りを惜しまれながら評価A

墓一つ残してあるよ故郷に
いくつでも邪魔にならないチョコレート

頑張りで出来ないものと出来るもの
遠い子らライントークに花が咲く

ネット通販取りあえず買う返品無料

老友が同じ質問繰り返す

妻はテレビ僕はパソコン福来たる
旧友がラインに乗ってやってくる

そだねーがライントークの潤滑油
偶然がラインでつなぐ君と僕

ライントーク終わり良ければまた楽し

うたた寝で神経回路再起動

名声は空虚という女優あり

ベストセラー真の作者は編集者

『ノッティングヒルの恋人』のアナ・スコット

言いぱなっし聞きっぱなっしはトークの技

今朝もまた訃報の掲示順番だ

無自覚の唯我独尊横行す

キーワード沢山あれば生き字引

ライン断ち静寂戻るスマホかな

久しぶり会った息子の毛の薄さ

爪切りと風呂に入るも面倒な

コロナ禍が変える世の中暮らし向き

デイサービス迎えは美人精が出る

喜怒哀楽超えてともかくお正月

大掃除おサボりしてもお正月

米寿とて生きたあかしの記念品

昼風呂に入れるくらい気ままかな

面白いことがなければ探し出せ

ふと思う友と食べたやこのお膳

百科事典ネットチェックは萬科辞典

カードで買い忘れた頃に引き落とし

米寿とてパソコン遊びライントーク　麻雀ゲームにネットショップ

コロナ禍の及ばぬところ探しおり　酒は飲みたし感染は怖し

おせち料理目で楽しんでばかりなり　味はさほどでなかりけり

あと何年数えて詮無いお正月　めでたくもありめでたくもなし

パイプ吸い居眠りすれば年の暮れ　騒ぐ世の中別世界かな

年取って知ること多し年の暮れ乙な経験数多くして

運鈍根どうせいずれも縁がなし

年取ってそういうことかと悟りおり

温室で上げ膳据え膳年の暮れ結構なご身分楽隠居

よいしょどっこいしょで日が暮れる

超肥満悲鳴を上げる車椅子

うまかった何を食べたか刻み食

世が世なら俺は殿様だったかも

オンザロック僕は紅茶烏龍茶

夢あれば知恵も力も湧いてくる

武士の血が流れていてもいま平民
ショッピング何でもかでもネットかな

食い気だけ元気でいます米寿かな

懐かしき紫雲山麓秋景色

天高く稜線低き屋島山

秋景色太鼓橋下鯉の群れ

水しぶきあげて餌とる錦鯉

掛け時計生きたあかしの記念品

霊山の釈迦の御前に巡り来てよろずの罪も消え失せにけり

ご詠歌

お返しは今は流行りのカタログギフト

選ぶ手間相手に投げるカタログギフト

天災人災忘れる暇なくやってくる

もうはまだなりまだはもうなり

格言

門松や冥土の旅の一里塚　めでたくもありめでたくもなし

一休

ちんぷんかんスタンプ乱用やめないか

世間には不要不急が満ちており

買わざれば確率ゼロだ宝くじ

年の暮れなすこともなく蕎麦を食い

格言

人の行く裏に道あり花の山

ノーデューティ　ノープレッシャー楽隠居

掬月亭紅葉も掬う池の端
飛来峰からの景色は定番なり

栗林公園

かけうどん釜玉うどん肉うどん

さぬきうどん

逆打ちも遍路の旅の品定め

仲見世の通りは狭くにぎわえり

パソコンでお四国まいり終えにけり

まだ書ける今年は出そう年賀状

年賀状添える一句を選びおり

年賀状返事は面倒電話する

年賀状途切れて安否気にかかり

久しぶりパソコンで書く賀状

頭冴え足衰えし夜寒かな

覚悟して復活する賀状刷り上がり

こころみに四五本出たり初尾花

正岡子規

復活す十年ぶりの年賀状

単純をもってよしとす米寿なり

生前の法名頂いて弟子となる

日に新たに　日々に新たに　また日々に新たなり

殷の湯王

Words of wisdom “Let it be”

ビートルズ『Let it be』

レストラン目で挨拶の顔なじみ

レストラン一日三度指定席

レストラン難聴の客声高し

おぼろげに生きておりけり夏の夜

黙食をお願いしますレストラン

コロナ対策

窓越しに紅葉が映えるレストラン

喫煙は有害ですよ日本たばこ

ミドルホール2打で入ってイーグルだ

体重計白皙美青年今は昔

体重計右肩上がりで九十だ
雨の日も大風吹いてもまずスタート

ゴルフ

一生に一度のスコアイーグルだ
パープレイ三十九のスコアは新記録

ＭＧＭ麻雀ゴルフにまた麻雀

台風のなかでも決行ゴルフコンペ

五時起きが苦にはならないゴルフデー

優勝杯何度取ってもいい気持ち

ゴルフ

スコアカード生涯記録は八十九

チョコレートジャジャラ入るパープレイ

仕事よりゴルフ上手で名がとおる

昔は歩き今カート一万ヤード

これカラス　フェアウエイに出してくれマイボール

ゴルフ仲間今は鬼籍に数多く

我住まばよも消えはてじ善通寺　深き誓いの法のともしび

ご詠歌

いざさらば今宵はここに志度の寺　祈りの声を耳に触れつつ

ご詠歌

煩悩を胸の智火にて八栗をば　修行者ならで誰れか知るべき

ご詠歌

さあ大変武漢ブカンと銅鑼が鳴る

コロナ発症

血糖値六・九は要注意

週一の鍼マッサージ血の巡り

場違いなド派手な帽子老人ホーム

めでたさはＰＣＲ検査マイナスだ

断捨離は終活に通じて然りかな

年取ってメル友のいるしあわせ

スマホデビュー頭クラクラ目チカチカ

しあわせは三度の食事が旨いこと

運鈍根すべてそろえて有名人

コロナ禍で不要不急の存在感

エアコンのフィルター掃除効果は摂氏２度

ＡＩが知恵を絞って五七五　所詮は人工知能果たして知恵は？

黙食だコロナ対策極めつけ
年取って波立つ胸ものたりかな

俵万智をご存じか　恋のヴァーチャル詩人詩集サラダ記念日がヒット

狭い村気に食わぬこと多けれど片目つむれば五分になるらん

よみがえる早朝覚醒老いの春

なんのその　らくらくすまほらくでなし

砂に書いたラブレターは消えるけど消えないライントーク

サンシティは太陽の街パラダイス

名犬はひとの顔見て忖度し
うたかたのライントークの言の葉の重き軽きに一喜一憂

静けさや雷鳴去って蝉が啼く

母性愛それだけ頼りの老老介護

超老老介護

いきづまり苦し紛れの借用語通じはしない語るに落ちる

はずかしやおれが心と秋の空

一茶

もしかして不要不急は俺のこと
無駄遣いの思いはあれど夢を買う

欄干に腰掛けポーズ春景色

公園の真白き道に冬木立

かわらけを投げては消える壇ノ浦

真夜中の救急車秋深し

釜揚げのうどんを食らう夜寒かな

首振って凝りをごまかす夜寒かな

夜が更けて襖越しなる笑い声

五時起きで観た翔平はデッドボール

日向ぼこ天下太平二十階

美味しいは試食会の合い言葉

インナーもアウターともにネットショップ
いま傘寿なんだかんだで白寿超まで

あとがき

八十八歳になった年の十月、二、三年前から書き留めていた、俳句とも川柳ともつかぬものなどがある程度溜まっていたところ、ある雑誌の裏表紙に、広告が出ているのを見つけた。

短歌や俳句を本にしませんか、五冊から手頃な値段で本を作ります、という見出しである。広告を掲載している雑誌は、天下に名前が通ったもので信用できる。心が動いた。早速、資料を取り寄せてみたところ、なかなか立派な本が、意外に安い値段で出来ることを知った。

私ももう年だ。生きた証に、本を一冊作るのも悪くないな。

原稿は、手書きでもよいとあったのも気楽だったし、原稿用紙でなくパソコンのべたうちでもよいとあった。たまたま、半年前に一太郎をパソコンに入れていたので、それで打ち出し、製本会社へ送った。

校正用の見本刷りが来て、表紙の色を決めて発注した。

多少手間取ったが、十二月初めに本ができあがった。三十冊。

家族、友人などに贈ったところ、驚きと同時に拍手喝采だった。

多少の自信が出来て、そのうちの三冊を自費出版を手がけている三社に、試しに送った。

意外にも、いずれからも好評の反応があった。大手と言われる某出版社からは、特に強力な勧誘があったが、株式会社パレードさんにお願いすることにした。

多くの人に読んでもらえることを期待して。

二〇二三年一月　上里義隆

出典（ご詠歌）
『最新四国八十八ヵ所遍路』川崎一洋（二〇〇六年九月三〇日・朱鷺書房）

■著者経歴

上里 義隆（うえさと よしたか）
1934年生まれ　香川県出身　兵庫県在住
香川大学経済学部卒業
証券会社定年退職後　自由を謳歌

スタスタと杖なく歩く夢を見る

2023年5月2日　第1刷発行

著　者　上里義隆

発行者　太田宏司郎
発行所　株式会社パレード
大阪本社　〒530-0021　大阪府大阪市北区浮田1-1-8
TEL 06-6485-0766　FAX 06-6485-0767
東京支社　〒151-0051　東京都渋谷区千駄ヶ谷2-10-7
TEL 03-5413-3285　FAX 03-5413-3286
https://books.parade.co.jp
発売元　株式会社星雲社（共同出版社・流通責任出版社）
〒112-0005　東京都文京区水道1-3-30
TEL 03-3868-3275　FAX 03-3868-6588
装　幀　藤山めぐみ（PARADE Inc.）
印刷所　中央精版印刷株式会社

ISBN 978-4-434-32005-7 C0092